ちくま文庫

わたしの金子みすゞ

ちばてつや

筑摩書房

わたしの金子みすゞ

ちばてつや

ちくま文庫

はじめに

漫画家になって以来、
毎日締切りに追われ続けていました。
二十年余り前、仕事にひと区切りがついたのをきっかけに、
一寸走るのをやめてみました。
ゆっくり歩き始めた時、出会ったのが
金子みすゞさんの詩です。
空、風、海、雲、花、祭り、
子ども、小鳥、虫や魚たち。
走っている時は、見えなかった

おだやかな世界が、いろいろ見えてきました。
潮風や夏草、少女の髪の匂いなどが
身近に感じられました。
すこし昔の、日本人が本当に日本人だった頃の、
懐かしいみすゞさんの世界を、
僕の幼い頃の体験も織りまぜて
絵に描いてみたいと、切に思いました。
ですから、この本は「みすゞお姉さんと
てっちゃんの絵日記」みたいなものです。

ちばてつや

目次

わたしの金子みすゞ

「みんなを好きに」

みすゞさんって、好き嫌いがある人だったのかな？
好きになりたい、ということは言い換えると嫌いってことでもあるよね。
嫌いなものは嫌いというのが潔いように思われがちな今の世の中で、
嫌いだけれど好きになりたい、って思うことの大切さ、
人間の根底にある優しさの大切さを強く感じる、
とても素敵な詩だと思います。普遍的かつ宇宙的な広がりを感じたので、
自然に空を見上げる構図になりました。

みんなを好きに

私は好《す》きになりたいな、
何でもかんでもみいんな。
葱《ねぎ》も、トマトも、おさかなも、
残らず好きになりたいな。
うちのおかずは、みいんな、
母さまがおつくりなつたもの。

私は好きになりたいな、
誰でもかれでもみいんな。
お医者《いしゃ》さんでも、烏《からす》でも、
残らず好きになりたいな。
世界のものはみィんな、
神さまがおつくりなつたもの。

「土と草」

みすゞさんの作品には、土の下とか海の底のように、見えるものの下には必ず「見えない何か」の存在があって、苦しさや辛さに耐えて頑張っているっていう視点のものが多いと思う。そんな見えない何かのおかげで、世の中がうまくいっている。見えないところにまで心を寄せる彼女の優しさを感じますよね。

僕自身も子どもの頃、大きな石をひっくり返した時、そこにダンゴ虫だのミミズだの、たくさんの「見えない」命が生きているのを見て、びっくりしたことを思い出しました。

土と草

母さん知らぬ
草の子を、
なん千万の
草の子を、
土はひとりで
育てます。

草があをあを
茂つたら、
土はかくれて
しまふのに。

「にはとり」

昔、僕の友達がお祭りでひよこを買ってきたんだけど、それが雄鳥《おんどり》で、朝っぱらから鳴いて近所迷惑だっていわれて困っていたのを、引き取ったことがあります。

長いこと我が家の庭にいたけれど、鳥でも動物でも、立ってまわりを見回している姿って、すごく風格がありますよね、表情がないけど威厳がある。この詩にも、そんな威厳を感じるのだけど、「わかれたひよこは、どうしたか」という一節に、奉公に出した子どもを思う親心のような寂しさも同時に感じたのです。

にはとり

お年《とし》をとつた、にはとりは
荒《あ》れた畑《はたけ》に立つて居《ゐ》る

わかれたひよこは、どうしたか
畑《はたけ》に立つて、思《おも》つてる

草のしげつた、畑《はたけ》には
葱《ねぎ》の坊主《ぼうず》が三四本《ほん》

よごれて、白《しろ》いにはとりは
荒《あ》れた畑《はたけ》に立つてゐる

Chiba
'99.4

「ばあやのお話」

僕にとっては、ばあや、というよりもおばあちゃんのイメージなんです、
この絵は。僕たち一家が中国から引き揚げて帰ってきた時、[※1]
真夜中にもかかわらず、すぐに温かいご飯を炊いてくれた
千葉家の祖母です。でも、この詩みたいに、そんな優しい祖母に
「その話もう聞いたよ」って冷淡なことを言ってしまうんですよね、
子どもって。言ってしまって、後悔するんだけど、もう遅い。
柱の陰から淋しそうな祖母を見て、
心の中でゴメンネって語りかけているんです。

※1　筆者は六歳まで満州（中国の東北地方）で暮らしていた。

ばあやのお話

ばあやはあれきり話さない、
あのおはなしは、好きだのに。

「もうきいたよ」といつたとき、
ずゐぶんさびしい顔してた。

ばあやの瞳《め》には、草山の、
野茨のはなが映《うつ》つてた。

あのおはなしがなつかしい、
もしも話してくれるなら、
五度も、十度も、おとなしく、
だまつて聞いてゐようもの。

T.Chiba

「波」

海を描くのは大好きなんです。この絵は僕が子ども時代を過ごした千葉の飯岡の浜辺です。僕にとっては海イコール飯岡です。

「消しゴム」の波に洗われた後の砂浜は、真っ白い紙そのものですよね。何か書かずにはいられない。その反面、実は僕は波が怖いのです。

大陸から引き揚げて間もない六歳の子どもは泳ぎなんて知らないですから。地元の子ども達がふざけて僕を船路[※2]に落としたのです。

もう少しで死にかけました。怖かったなあ。

※2　船路（ふなみち）。航路という意味もあるが、ここでは、船を浜辺で移動させるために掘った路。かなり深く掘られている。

波

波は子供、
手つないで、笑つて、
そろつて来るよ。

波は消しゴム、
砂の上の文字を、
みんな消してゆくよ。

波は兵士、
沖から寄《よ》せて、一ぺんに、
どどんと鉄砲《てつぽう》うつよ。

波は忘れんぼ、
きれいなきれいな貝がらを、
砂の上においてくよ。

T. Chiba
'98

「私と小鳥と鈴と」

この絵は、みすゞさんの昔の写真を見ながら描きました。
いかにも頭の良さそうな、とてもいい顔をした女の子だなあって思って。
私と小鳥と鈴を象徴にしていますが、虫も動物も草木も花も、
世の中すべての生き物はみんなそれぞれの生き方、自分にしかできないことを、
ただ一生懸命にやっているだけなんだけど、それがいかに素晴らしいかを
語るこの詩には、大きくて普遍的な愛を感じます。
それが何年たっても人の心を癒すんでしょうね。

私と小鳥と鈴と

私が両手をひろげても、
お空はちつとも飛べないが、
飛べる小鳥は私のやうに、
地面《ぢべた》を速《はや》くは走れない。

私がからだをゆすつても、
きれいな音は出ないけど、
あの鳴る鈴は私のやうに
たくさんな唄は知らないよ。

鈴と、小鳥と、それから私、
みんなちがつて、みんないい。

Tetsuya Chiba.

「さかむけ」

「さかむけができると親不孝」っていうこと、この詩を読むまで知らなかったんです。僕はどういうわけか、さかむけができやすくて、アイディアを考えている時なんか、気になってついついいじくって、無理にむいたりして、血まで流しちゃったりするんですよ。だから「さかむけ」という題名を見ただけで、とても気になりました。

「紅さし指」という表現が面白いし、大人っぽい感じがしたので、ちょっとおすましな女の子を描いてみました。

さかむけ

なめても、吸つても、まだ痛む
紅《べに》さし指のさかむけよ。

おもひ出す、
おもひ出す、
いつだかねえやにきいたこと。

「指にさかむけできる子は、
親のいふことききかぬ子よ。」

おとつひ、すねて泣いたつけ、
きのふも、お使ひしなかつた。

母さんにあやまりや、
なほらうか。

「まつりの太鼓」

「音」の表現がとても素晴らしいと思います。昔を思い出させます。風に乗ってかすかに聞こえてくる太鼓の響きを「とろんこ、とろんこ」と表現するなんて、くやしいくらいに見事な表現です。言葉のテンポも絶妙で、さあ、祭りはこれから、というわくわくする気持ちが伝わってきますね。

僕にとって日本の祭りは「東北」っていうイメージなので、この絵は東北のお祭りです。

みすゞさんの世界とは違うかもしれないけど。

まつりの太鼓

青葉に若葉、
若葉のかげを、
赤いかつこ履《は》いて、
かつこ、かつこ、かつこよ。

あさぎのお空、
お空のなかで、
ほら、鳴る、太鼓、
とろんこ、とろんこ、とろんこよ。

白《しろ》い街道《かいどう》、
競馬《けいば》の馬は、
よそゆきお衣《べゞ》で、
かつぽ、かつぽ、かつぽよ。

T.Chiba

「祭のあくる日」

飯岡で過ごした子どもの頃、ふと目を覚ますと、隣りの部屋で、大人たちだけが起きて何やら話がはずんでいる……入って行けない自分。窓の外には遠くに明かり、それは祭りの残照。そのふたつの寂しさみたいなものが、パッとイメージとして浮かんできたのです。

祭りのあとが寂しいのは一般的なイメージだけど、みすゞさんの詩は、そんななかに優しさも感じますね。

祭《まつり》のあくる日《ひ》

きのふ、神輿《みこし》の賑《にぎは》ひに
つい浮かされて残《のこ》つたが
昨夜《ゆふべ》は遠《とほ》いお囃子《はやし》に
芝居《しばゐ》の夢《ゆめ》をみてゐたが

覚《さ》めて母《かあ》さん呼《よ》んだとき
みんなに、みんなで笑《わら》はれて

そつと出てみた裏山《うらやま》の
おいてけぼりのお月さま

T. Chiba

「不思議」

他人が当たり前だって思うことを、そうは思わない感性が
詩を書かせるのだろう。僕の子どもの頃は、不思議だなって感じる
感性というか余裕がなかった。いつもお腹を空かせていて、
食べ物のことを考えていたから。でも、最近になって、
桜の花が一気に満開に咲き誇るのを見た時、きれいだなと思う前に、
そのエネルギーはどこからくるのだろうって、
しばらくその場に突っ立って見上げていたことがあります。
僕にもようやくそんな感性が身に付いたのかもしれません。

不思議《ふしぎ》

私は不思議でたまらない、
黒い雲からふる雨が、
銀《ぎん》にひかつてゐることが。

私は不思議でたまらない、
青い桑《くは》の葉たべてゐる、
蚕《かひこ》が白くなることが。

私は不思議でたまらない、
たれもいぢらぬ夕顔《ゆふがほ》が、
ひとりでぱらりと開《ひら》くのが。

私は不思議でたまらない、
誰にきいても笑つてて、
あたりまへだ、といふことが。

「星とたんぽぽ」

浅い海の底にある小さな岩とか石が、波のリズムで見えたり見えなかったり、そういう海の風景を見ているのが大好きです。この海は外海じゃなくて、内海か湖のイメージです。優しい波です。「土と草」と同じく、みすゞさんの「見えないもの」にまで寄せる慈しみが、みすゞさんの創作の原点のように思います。
子守って大変ですけど、赤ちゃんの体温で背中が暖かくて気持ちいいんです。これは僕流の「見えないもの」だったりします。

星とたんぽぽ

青いお空の底ふかく、
海の小石のそのやうに、
夜がくるまで沈んでる、
昼《ひる》のお星は眼にみえぬ。
　見えぬけれどもあるんだよ、
　見えぬものでもあるんだよ。

散つてすがれたたんぽぽの、
瓦のすきに、だァまつて、
春のくるまでかくれてる、
つよいその根は眼にみえぬ。
　見えぬけれどもあるんだよ、
　見えぬものでもあるんだよ。

「砂の王国」

これも飯岡の浜辺です。浜辺の砂を掘って、その砂で山ができて、掘ったところから湧いてきた水でお堀をつくって、その中にお城をつくっていって……その時は、まさに自分は王様か巨人、国だけでなく物語まで勝手につくっていますよね。その時の気持ちよさ。誰でも経験があるのではないでしょうか。この詩の世界は、王様というよりも神様っていうくらい壮大なイメージを感じます。実に気持ちのいい詩です。

砂《すな》の王国《わうこく》

私《わたし》はいま
砂のお国《くに》の王様《わうさま》です。

お山《やま》と、谷《たに》と、野原《のはら》と、川《かは》を
思《おも》ふ通《とほ》りに変《か》へてゆきます。

お伽噺《とぎばなし》の王様《わうさま》だつて
自分《じぶん》のお国《くに》のお山《やま》や川《かは》を、
こんなに変《か》へはしないでせう。

私《わたし》はいま
ほんとにえらい王様《わうさま》です。

「こだまでせうか」

この絵の手前の女の子と、奥にいる黄色い服の女の子が仲良しなんです。この距離感、微妙ですよね。近すぎても離れすぎてもダメなんです。へたをすると冷たい感じになってしまいますが、木造の校舎の温かさがそれを消しています。

後ろで相撲をとっているのは少年時代の僕自身だったりします。この詩に関して、僕は、「こだま」＝子ども、「誰」＝大人、という解釈をしています。こんな私は子どもでしょうか？

いいえ、大人でもそうなんだよって。

こだまでせうか

「遊《あす》ばう」つていふと
「遊ばう」つていふ。

「馬鹿《ばか》」つていふと
「馬鹿」つていふ。

「もう遊ばない」つていふと
「遊ばない」つていふ。

さうして、あとで
さみしくなつて、

「ごめんね」つていふと
「ごめんね」つていふ。

こだまでせうか、
いいえ、誰でも。

T. Chiba '99.6

四年二組

「夕ぐれ」

この絵のように、まわりを山に囲まれているようなところだと、日が落ち始めてから、本当にアッという間に暗くなるんです。それが寂しくもあり、怖くもある。いつまで遊んでるのって怒られるかもしれないし、お腹も空いてるし。それでも、今日のいま、このひとときを、もう少し遊んでいたい気もするっていうのは、とても貴重で大切な気持ちだと思うのです。

夕ぐれ

「夕焼小焼」
うたひやめ、
ふつとだまつた私たち。

誰もかへろといはないが。

お家の灯がおもはれる、
おかずの匂ひもおもはれる。

「かへろがなくからかァへろ。」
たれかひとこと言つたなら
みんなばらばらかへるのよ、

けれどももつと大声《おほごゑ》で
さわいでみたい気もするし、

草山、小山、日のくれは、
なぜかさみしい風がふく。

T. Chiba

「大漁」

どうして、みすゞさんはこういうことが考えられるのかな。

こんな大漁の光景を見たら、普通は「わあ、すごいな」「よかったな」としか思わないよね。本当にすごい人です。

食べ物のあふれている時代だからこそ、僕達はこの詩の心を大切にしなければならないと心から思う。僕はイワシが大好きで、骨も残さずに全部食べるようにしています。

それが僕流のイワシに対する「とむらい」なんです。

大漁《たいれふ》

朝焼《あさやけ》小焼《こやけ》だ
大漁《たいれふ》だ
大羽鰮《おほばいわし》の
大漁《たいれふ》だ。

浜《はま》は祭《まつ》りの
やうだけど
海《うみ》のなかでは
何万《なんまん》の
鰮《いわし》のとむらひ
するだらう。

T.Chiba

「巡礼」

この詩に見られる躊躇《ちゅうちょ》と後悔の気持ちは、日常でも感じることがあります。
例えば、電車で座っていて、お年寄りが視界に入った時、
まず「譲ろうかな」っていう気持ちがさっと頭をよぎったりしませんか。
そう思うことがすでに躊躇なんです。
その一瞬で、他の人に譲られてしまって、後悔するわけです。
でも、そういうことは、またチャンスがあるかもしれないけど、
この詩の巡礼の子とは、もう二度会うことができないんですよね。
すごく悲しい詩です。

巡礼

菜種の花の咲いたころ、
浜街道で行きあつた、
巡礼の子はなぜ来ない。

私はわるいことしたの、
あのとき、お金は持つてたの、
あねさま三つも買へるほど。

そのあねさまも買はないで、
思ひ出しては待つてるに、
秋のひよりの街道《かいどう》には、
やんまとんぼのかげばかり。

T. Chiba

「こころ」

「いろんな事をおもふから」の最後の一行を読んで、パッと頭に浮かんだ絵のイメージが巡礼の姿だったんです。巡礼をしている人達は、無心とは全く逆で、本当にいろんなことを考えながら遍路をたどっているのではないか、と思っています。「ちひさい私でいっぱい」と言いながら、お母さんは、いろんな事を思っているに違いない。そういう姿に、僕はすごく惹かれてしまいます。足腰がじょうぶなうちに、僕も巡礼してみたい、いろんなことを考えながら歩いてみたいと思っているんです。

こころ

お母さまは
大人《おとな》で大きいけれど、
お母さまの
おこころはちひさい。

だつて、お母さまはいひました、
ちひさい私でいつぱいだつて。

私は子供で
ちひさいけれど、
ちひさい私の
こころは大きい。

だつて、大きいお母さまで、
まだいつぱいにならないで、
いろんな事をおもふから。

T. Chiba

「積つた雪」

この詩における、みすゞさんの表現の感性にも本当に参ってしまった。上と下だけでなく「中」の雪という表現。雪のひとつぶひとつぶにまで命が宿っているかのような彼女の視線。僕は、六歳までは中国大陸にいたから、雪の降る頃はとにかく寒い、外で遊べない、という辛い思い出だけだったけど、東京に帰ってからは、深い雪を見たことがないので、今は懐かしい。雪は日頃の煩わしいことの全てを消してしまう、すごい力を持っていると思う。

積つた雪

上の雪
さむかろな。
つめたい月がさしてゐて。

下の雪
重かろな。
何百人ものせてゐて。

中の雪
さみしかろな。
空も地面《ちべた》もみえないで。

T. Chiba '99

「かるた」

おこた、おみかん、たたみ、かるた、おつむ、ガラス、暗夜、あられ……
言葉の選び方とその紡ぎ方が素晴らしい。
この詩に合うような田舎の家を描きたくなりました。
お仏壇があって、お札が貼られていて、ご先祖様の肖像に、
皇居のお堀の写真が飾ってあるような、そんな典型的な昔の田舎の家。
外がいくら寒くなっても、家の中は暖かい。
大人は出かけていて、老人と子どもしかいないのに、
暖かく優しく守られているような、そんな家。

かるた

お炬燵《こた》の上に、
お蜜柑《みかん》積んで、
お祖母様《ばあさま》、眼鏡《めがね》、
キラ、キラ、キラリよ。

畳のうへにや、
かるたが散つて、
ちひちやいお頭《つむ》、
ひい、ふう、みいつよ。

硝子《がらす》のそとは、
しづかな暗夜、
ときどき霰《あられ》が、
パラ、パラ、パラリよ。

Tetsuya.C

「大晦日と元日」

大晦日に、あわただしく動きまわる人々。
新年を迎えて気を引き締めている人々。
正月に、おしゃれをしてワクワクしながら、どこかへ出かけて行く人々。
そんななかで、とんびはいつもと変わらずにのんびり空を舞う。
忙しいのは人間だけ、というユーモアとシニカルな面を感じました。
正月の風景なので、門松を描いたのだけれど、僕の育った東京の下町では、
一般の家庭では細い笹が二本。門松はけっこう高価だったから、
裕福な家だけが立てていた、という記憶があります。
今は値段に関係なく、松飾りもほとんど見かけなくて寂しいです。

大晦日《おほみそか》と元日《ぐわんじつ》

兄さまは掛取《かけと》り、
母さまはお飾《かざ》り、
わたしはお歳暮《せいぼ》。
町ぢゆうに人が急いで、
町ぢゆうにお日があたつて、
町ぢゆうになにか光つて。
うす水いろの空の上、
鳶《とんび》は静かに輪を描《か》いてた。

兄さまは紋附《もんつ》き、
母さまもよそゆき、
わたしもたもとの。
町ぢゆうに人があそんで、
町ぢゆうに松が立つてて、
町ぢゆうに霰が散つてて。
うす墨《ずみ》いろの空の上、
鳶は大きく輪を描いてた。

「雪」

青い鳥って普通はいないから、この詩はすべて想像の世界なのでしょうか。キーンと張りつめた、冷たい空気の雪景色が、みすゞさんの世界では優しくて暖かいだけでなく、敬虔《けいけん》な神々しさまで感じさせてしまう。

雪が積もって真っ白になった家を擬人化して、「被衣着《かつぎき》て」と表現するなんて、他に誰ができますか？

雪と被衣の「白」、鳥と空の「青」、こんなに鮮明に、このふたつの色の美しさを読み手に想像させるなんて、「積つた雪」と同じく、雪の神秘的な力に対してのみすゞさんの特別な思いがひしと伝わってきます。

雪

誰も知らない野の果《はて》で
青い小鳥が死にました
　さむいさむいくれ方に

そのなきがらを埋《う》めよとて
お空は雪を撒《ま》きました
　ふかくふかく音もなく

人は知らねど人里の
家もおともにたちました
　しろいしろい被衣《かつぎ》着て

やがてほのぼのあくる朝
空はみごとに晴れました
　あをくあをくうつくしく

小《ち》さいきれいなたましひの
神さまのお国へゆくみちを
　ひろくひろくあけようと

文庫化にあたって

ぼくたち人間社会は、つい遠くない過去に戦争や環境破壊などたくさんのことについて学び、深く反省して今を生きて来たはずなのに、世界の各地ではいまだ少しも変わることなく愚かなふるまいが続いている。

その「変わらない」愚かさの現実にうんざりし始めていた、そんな折にこの『わたしの金子みすゞ』を再刊してくれるというお話をいただいた。

当時雑誌に連載していた時には見開きの掲載だったからそのつもりで大きな絵を描いていたので、文庫版サイズというコンパクトさに少しとまどいもあったが、本当に久しぶりに金子みすゞの心を読み返す機会になった。

そこには日本の国の美しさ、自然や身近な古くから伝わる習慣を優しく丁寧に紡ぎ、たくさんの人たちに共感され愛され続けてきた「変わらない」ものがたくさんあった。

ぼくはそれが感じられてとても嬉しかった。

こういう世界にならら、いくらでも何度でも戻って行っていいんだ。

みすゞお姉さん　ありがとう。

ちばてつや

解説　ふと深呼吸のように

里中満智子

金子みすゞの世界はあらゆるモノたちへの優しい眼差しで満ちている。優しすぎて哀しく、やがてあたたかい気持ちになる。

ちばてつや――誰もが認める日本を代表するマンガ界の巨匠。紡ぎ出す言葉とストーリー、キャラクターたちの何気ないしぐさと表情、それらすべてからあたたかさがにじみ出ていて、逆らいようのない共感に引き込まれる。

金子みすゞの世界を絵で表現するなら一番ふさわしい描き手はちばてつや先生。そう願っても現実にその組み合わせが実現するなんて夢のまた夢――。機会をみてちば先生にそれとなくすすめてみたい……などと考えていたのは一九九八年――。

マンガ家仲間が集まってグループを作り、作品を描くこと以外の活動を一緒にやろうと意気込んでいた。そんな時、これまで漫画誌を出したことのない出版社から、協力してほしいとの話がきた。新しい雑誌を創ることに関わるのは楽しい。でもマンガ家たちは皆それぞれ繋がりのある出版社があり、それはそれでとても大切なので、バランスをとるのがむつかしい。

「ちば先生にぜひ新雑誌で連載を」と望む編集部の気持ちはよく分かる。しかしマンガ制作はとてつもなく物理的に手間のかかる作業なので、連載を何本も並行して持つのはとてもむつかしい話だ。しかも引く手数多の作者には、何年も前から通いつめて「せめて一作でも」と願っている編集部もあるのだから、いきなり「うちで新雑誌を出します。ぜひ描いてください」と言われて頷けるものではない。でも……。

マンガでなく、見開き一コマのイラストなら何とかなるかも。本人が絵を描き文章も書くイラストエッセイの形ならよくある。でもそれは「ちば先生でなくてはならない」という必然性に欠ける。「そうだ今こそ『金子みすゞ』

だ！」と考えて編集部に話してみた。世の中がようやく金子みすゞの存在に気がつき始めた頃だった。「今だ！　金子みすゞの詩とちば先生の絵が一体となって世の中に大きく広まっていく！」と勝手に盛り上がっていた。

思い込みの強いファンの行動だと笑われてしまうかも知れない。礼儀知らずの編集者がゴリ押しするみたいに「絶対にピッタリだと思うので、騙されたと思って読んでみてください」とちば先生に電話を入れて手元のありったけの金子みすゞの作品を送りつけた。実に無礼な後輩で、先生の優しさにつけ込んだと言われても仕方がない。

結果は――二つとない優しい世界が目の前に広がって、手にとってくださった人の心の栄養になり続けている。

控えめで口数の少なそうな少女の佇まい。少女漫画でメジャーデビューし、昭和三〇年代の少女の読者に「男子に媚びないヒロイン」を示してくれた、ちば作品がよみがえる。

哲学者のようなにわとりは、金子みすゞが伝えたかった（と、私が勝手に受け止めているだけだが）「生きていく意味、辛さ、強さ」を語ってくれている。

「まつりの太鼓」「祭のあくる日」「夕ぐれ」「こだまでせうか」「巡礼」にみられる、近景と遠景を組み合わせた奥行き感のある絵は、自分と他者との距離。そしてそれを繫ぐのは「思い」と教えられているようだ。

「大漁」は、思い切り遠景でのどかな漁村の夕暮れが暖かい色で描かれている。平和で良い。でもこの平和を支えているのはイワシたちの悲しみだということを知っておいてほしい。そっとそうつぶやかれているようだ。

今回は文庫の形で発行されると聞いた。文庫ならバッグの隅に入る。ふと深呼吸したくなるたびにそっと聞いて、たまたま聞かれたそのページの世界にひたる。一日一作。それだけで、世の中が少しずつ、柔らかくなってゆく予感がする。

みすゞさん、ちば先生、優しい味わいをありがとうございます。

金子みすゞ（1903-1930年）

本名、金子テル。明治36年（1903）、山口県長門市（当時の大津郡仙崎町）に生まれる。兄と弟の三人きょうだい。テルが3歳の時に、父・庄之助が死亡。その後、母・ミチが仙崎ではじめた書店「金子文英堂」で、テルはたくさんの本に囲まれて、利発で多感な女性として育っていく。16歳の時、ミチが上山文英堂の主人・上山松蔵と再婚。テルも女学校卒業後、上山文英堂で働くようになる。20歳で詩作をはじめ、金子みすゞのペンネームで自作の童謡を投稿し、雑誌に掲載され、西條八十から「若き童謡詩人の中の巨星」と称賛される。大正15年に結婚、娘・ふさえが誕生するが、テルは詩作活動を禁じられてしまう。昭和5年に離婚。しかし、元夫から娘の引き渡しをせまられるなか、睡眠薬を飲んで自殺。享年26。

ちばてつや

本名、千葉徹弥。昭和14年（1939）、東京築地生まれ。現在、東京都練馬区在住。誕生後すぐ、両親に連れられ満州（中国の東北地方）へ。終戦後、千葉県飯岡を経て東京に戻り、16歳の時、漫画家としてプロデビュー、数々の名作・傑作を発表し、現在に至る。主な作品に「1・2・3と4・5・ロク」「紫電改のタカ」「ハリスの旋風」「あしたのジョー」「おれは鉄兵」「のたり松太郎」「あした天気になあれ」他がある。公益社団法人日本漫画家協会会長。

本書は二〇〇二年九月にメディアファクトリーより刊行されました。
デザイン　倉地亜紀子
編集協力　山田英生

茨木のり子集 言の葉（全3冊）　茨木のり子

しなやかに凛と生きた詩人の歩みの跡を、詩とエッセイで編んだ自選作品集。単行本未収録の作品なども収め、魅力の全貌をコンパクトに纏める。

一本の茎の上に　茨木のり子

「人間の顔は一本の茎の上に咲き出た一瞬の花である」表題作をはじめ、敬愛する山之口貘等について綴った香気漂うエッセイ集。（金裕鴻）

詩ってなんだろう　谷川俊太郎

谷川さんはどう考えているのだろう。その道筋にそって詩を集め、選び、配列し、詩とは何かを考えるおおもとを示しました。（華恵）

山頭火句集　種田山頭火／村上護編／小崎侃・画

自選句集「草木塔」を中心に、その境涯を象徴する随筆も精選収録し、〝行乞流転〟の俳人の全容を伝える一巻選集！（村上護）

尾崎放哉全句集　村上護編

「咳をしても一人」などの感銘深い句で名高い自由律の俳人・放哉。放浪の旅の果て、小豆島で破滅型の人生を終えるまでの全句業。（村上護）

放哉と山頭火　渡辺利夫

エリートの道を転げ落ち、引きずる死の影を詩いあげる放哉。各地を歩いて生きて在ることの孤独と寂寥を詩う山頭火。アジア研究の碩学による省察の旅。

笑う子規　正岡子規＋天野祐吉＋南伸坊

「弘法は何と書きしぞ筆始」「猫老て鼠もとらず置火燵」。天野さんのユニークなコメント、南さんの豪快な絵を添えて贈る愉快な子規句集。（関川夏央）

絶滅寸前季語辞典　夏井いつき

「従兄煮」「蚊帳」「夜這星」「竈猫」……季節感が失われ、風習が廃れて消えていく季語たちに、新しい命を吹き込む読み物辞典。（茨木和生）

絶滅危急季語辞典　夏井いつき

「ぎぎ・ぐぐ」「われから」「子持花椰菜」「大根祝う」……消えゆく季語に新たな命を吹き込む読み物辞典。超絶季語続出の第二弾。（古谷徹）

詩歌の待ち伏せ　北村薫

〝本の達人〟による折々に出会った詩歌との出会いが生んだ名エッセイ。これまでに刊行されていた3冊を合本した〈決定版〉。（佐藤夕子）

すべてきみに宛てた手紙　長田弘

この世界を生きる唯一の「きみ」へ――人生のためのヒントが見つかる、39通のあたたかなメッセージ。傑作エッセイが待望の文庫化！（谷川俊太郎）

言葉なんかおぼえるんじゃなかった　田村隆一・語り　長薗安浩・文

戦後詩を切り拓き、常に詩の最前線で活躍し続けた伝説の詩人・田村隆一が若者に向けて送る珠玉のメッセージ。代表的な詩25篇も収録。（穂村弘）

夜露死苦現代詩　都築響一

寝たきり老人の独語、死刑囚の俳句、エロサイトのコピー……誰も文学と思わないのに、一番僕たちをドキドキさせる言葉をめぐる旅。増補版。

えーえんとくちから　笹井宏之

風のように光のようにやさしく強く二十六年の生涯を駆け抜けた夭折の歌人・笹井宏之。そのベスト歌集が没後10年を機に待望の文庫化！（穂村弘）

先端で、さすわ　さされるわ　そらええわ　川上未映子

すべてはここから始まった――。デビュー作にして圧倒的文圧を誇る表題作を含む珠玉の七編。第14回中原中也賞を受賞した第一詩集がついに文庫化！

水　瓶　川上未映子

鎖骨の窪みの水瓶を捨てにいく少女を描いた長編詩「水瓶」を始め、より豊潤に尖鋭に広がる詩的宇宙。第43回高見順賞に輝く第二詩集、ついに文庫化！

春原さんのリコーダー　東直子

シンプルな言葉ながら一筋縄ではいかない独特な世界観の東直子デビュー歌集。刊行時の栞文や、花山周子による評論、川上弘美との対談も収録。

青　卵　東直子

現代歌人の新しい潮流となった東直子の第二歌集。花山周子の評論、穂村弘との特別対談により独自の感覚に充ちた作品の謎に迫る。

回転ドアは、順番に　穂村弘　東直子

ある春の日に出会い、そして別れるまで。気鋭の歌人ふたりが、見つめ合い呼吸をはかりつつ投げ合う、スリリングな恋愛問答歌。（金原瑞人）

適切な世界の適切ならざる私　文月悠光

中原中也賞、丸山豊記念現代詩賞を最年少の18歳で受賞し、21世紀の現代詩をリードする文月悠光の記念碑的第一詩集が待望の文庫化！（町屋良平）

河童の三平　水木しげる

豊かな自然の中で、のびのびと育った少年三平と、河童・狸・小人・死神そして魔物たちが繰りひろげる、ユーモラスでスリリングな物語。（石子順造）

悪魔くん千年王国　水木しげる

途方もない頭脳の悪魔君が、この地上に人類のユートピア「千年王国」を実現すべく、知力と魔力の限りを尽して闘う壮大な戦いの物語。（佐々木マキ）

百日紅《さるすべり》（上・下）　杉浦日向子

北斎、お栄、英泉、国直……絵師たちが闊歩する文化文政期の江戸の街を多彩な手法で描き出す代表作の完全版、初の文庫化。（夢枕獏）

合葬　杉浦日向子

江戸の終りを告げた上野戦争。時代の波に翻弄された彰義隊の若き隊員たちの生と死を描く歴史ロマン。第13回日本漫画家協会賞優秀賞受賞。（小沢信男）

つげ義春コレクション（全9冊）　つげ義春

マンガ表現の歴史を変えた、つげ義春。初期代表作から「ガロ」以降すべての作品、さらにイラスト・エッセイを集めたコレクション。

つげ義春の温泉　つげ義春

マンガ家つげ義春が写した温泉場の風景。一九六〇年代から七〇年代にかけて、日本の片すみを旅した、つげ義春の視線がいま鮮烈によみがえってくる。

おそ松くんベスト・セレクション　赤塚不二夫

みんなのお馴染み、松野家の六つ子兄弟が大活躍！　日本を代表するギャグ漫画の傑作集。イヤミ、チビ太、デカパン、ハタ坊も大活躍。（赤塚りえ子）

アニマル・ファーム　石ノ森章太郎　ジョージ・オーウェル原作

巨匠が挑んだ世界的名作「動物農場」の世界。他に小松左京原作「くだんのはは」、牡丹燈籠に発想を得た「カラーン・コローン」を収録。（中条省平）

石ノ森章太郎コレクション　初期少女マンガ傑作選　石ノ森章太郎

気高くも茶目っ気豊かな石ノ森章太郎の名作初期少女マンガを選り抜き収録。「青い月の夜」「龍神沼」「きりとばらとほしと」「あかんべぇ天使」他。（中条省平）

水鏡綺譚　近藤ようこ

戦国の世、狼に育てられ修行をするワタルと、記憶をなくした鏡子の物語。著者自身も一番好きだったという代表作。推薦文＝高橋留美子（南伸坊）

つげ忠男コレクション　つげ忠男　吉田類編

下町の場末や路地裏、特飲街に、失われた戦後風景が明滅する『ガロ』以降の伝説の作品を、風狂の酒場詩人が選び出す。文庫オリジナル・アンソロジー。

林静一コレクション　林静一　又吉直樹編

実験と試行の時代を先導した作品世界を、当代随一の林静一フォロワーである又吉直樹が「青春の詩」として新たな光を当て、精選する。

楠勝平コレクション　楠勝平　山岸凉子編

人の世の儚さや江戸庶民の哀歓を描き、自らの死をも凝視して夭折した幻の漫画家・楠勝平。その不朽の名作を作家・山岸凉子が精選。（山岸凉子）

現代マンガ選集
表現の冒険　中条省平編

日本の「現代マンガ」の流れを新たに発見せよ！　本巻では、マンガ表現の独自性を探り、「本物」を選りすぐり、時代を映すマンガの魂に迫る。

現代マンガ選集
破壊せよ、と笑いは言った　斎藤宣彦編

作品の要素・手法からジャンルへと発展、確立する過程を石ノ森章太郎、赤塚不二夫など第一人者を筆頭に重要作を収録し詳細な解説とともに送る。

現代マンガ選集
恐怖と奇想　川勝徳重編

街頭紙芝居！　絵物語！　変な動物！　……１９６０年代の隠れた名作から現在の作家の作品までを収録。新進気鋭の漫画家が選ぶ、稀有な傑作アンソロジー。

現代マンガ選集
少女たちの覚醒　恩田陸編

常に進化し、輝き続ける「少女マンガ」という豊穣な世界――。１９７０年代から現在にいたるまで、編者独自の記憶と観点より眼差しを向ける！

書痴まんが　山田英生編

本をテーマにしたマンガ・アンソロジー。水木しげる、永島慎二、つげ義春から若手まで16作品を収録。本に溺れる、そこにドラマが生まれる。

神保町「ガロ編集室」界隈　高野慎三

１９６０年代末、白土三平、つげ義春、佐々木マキ、林静一らが活躍した雑誌「ガロ」。活気ある現場や人々の姿を描く貴重な記録。巻末対談・つげ正助。

カムイ伝講義　田中優子

白土三平の名作漫画『カムイ伝』を通して、江戸の社会構造を新視点で読み解く。現代の階層社会の問題が見えると同時に、エコロジカルな未来も見える。

思考の整理学　外山滋比古

アイディアを軽やかに離陸させ、思考をのびのびと飛行させる方法を、広い視野とシャープな論理で知られる著者が、明快に提示する。

質問力　齋藤孝

コミュニケーション上達の秘訣は質問力にあり！これさえ磨けば、初対面の人からも深い話が引き出せる。話題の本の、待望の文庫化。（斎藤兆史）

整体入門　野口晴哉

日本の東洋医学を代表する著者による初心者向け野口整体のポイント。体の偏りを正す基本の「活元運動」から目的別の運動まで。（伊藤桂一）

命売ります　三島由紀夫

自殺に失敗し、「命売ります。お好きな目的にお使い下さい」という突飛な広告を出した男のもとに、現われたのは？（種村季弘）

こちらあみ子　今村夏子

あみ子の純粋な行動が周囲の人々を否応なく変えていく。第26回太宰治賞、第24回三島由紀夫賞受賞作。書き下ろし「チズさん」収録。（町田康／穂村弘）

ベルリンは晴れているか　深緑野分

終戦直後のベルリンで恩人の不審死を知ったアウグステは彼の甥に訃報を届けに陽気な泥棒と旅立つ。歴史ミステリの傑作が遂に文庫化！（酒寄進一）

向田邦子ベスト・エッセイ　向田邦子　向田和子編

いまも人々に読み継がれている向田邦子。その随筆の中から、家族、食、生き物、こだわりの品、旅、仕事、私……、といったテーマで選ぶ。（角田光代）

倚りかからず　茨木のり子

もはや／いかなる権威にも倚りかかりたくはない……話題の単行本に3篇の詩を加え、高瀬省三氏の絵を添えて贈る決定版詩集。（山根基世）

るきさん　高野文子

のんびりしていてマイペース、だけどどっかヘンテコな、るきさんの日常生活って？　独特な色使いが光るオールカラー。ポケットに一冊どうぞ。

劇画　ヒットラー　水木しげる

ドイツ民衆を熱狂させた独裁者アドルフ・ヒットラーとはどんな人間だったのか。ヒットラー誕生からその死まで、骨太な筆致で描く伝記漫画。

ねにもつタイプ　岸本佐知子
何となく気になることにこだわる、ねにもつ。思索、奇想、妄想はばたく脳内ワールドをリズミカルな名短文でつづる。第23回講談社エッセイ賞受賞。

TOKYO STYLE　都築響一
小さい部屋が、わが宇宙。ごちゃごちゃと、しかし快適に暮らす、僕らの本当のトウキョウ・スタイルはこんなものだ！　話題の写真集文庫化！

自分の仕事をつくる　西村佳哲
仕事をすることは会社に勤めること、ではない。仕事を「自分の仕事」にできた人たちに学ぶ、働き方のデザインの仕方とは。（稲本喜則）

世界がわかる宗教社会学入門　橋爪大三郎
宗教なんてうさんくさい⁉　でも宗教は文化や価値観の骨格であり、それゆえ紛争のタネにもなる。世界宗教のエッセンスがわかる充実の入門書。

ハーメルンの笛吹き男　阿部謹也
「笛吹き男」伝説の裏に隠された謎はなにか？　十三世紀ヨーロッパの小さな村で起きた事件を手がかりに中世における「差別」を解明。（石牟礼道子）

増補　日本語が亡びるとき　水村美苗
明治以来豊かな近代文学を生み出してきた日本語が、いま、大きな岐路に立っている。我々にとって言語とは何なのか。第8回小林秀雄賞受賞作に大幅増補。

子は親を救うために「心の病」になる　高橋和巳
子は親が好きだからこそ「心の病」になり、親を救おうとしている。精神科医である著者が説く、親子という「生きづらさ」の原点とその解決法。

クマにあったらどうするか　姉崎等　片山龍峯
「クマは師匠」と語り遺した狩人が、アイヌ民族の知恵と自身の経験から導き出した超実践クマ対処法。クマと人間の共存する形が見えてくる。（遠藤ケイ）

脳はなぜ「心」を作ったのか　前野隆司
「意識」とは何か。どこまでが「私」なのか。死んだら「心」はどうなるのか。――「意識」と「心」の謎に挑んだ話題の本の文庫化。（夢枕獏）

モチーフで読む美術史　宮下規久朗
絵画に描かれた代表的な「モチーフ」を手掛かりに美術を読み解く、画期的な名画鑑賞の入門書。カラー図版約150点を収録した文庫オリジナル。

ちくま文庫

わたしの金子《かねこ》みすゞ

二〇二二年九月十日　第一刷発行

著　者　ちばてつや
発行者　喜入冬子
発行所　株式会社　筑摩書房
東京都台東区蔵前二―五―三　〒一一一―八七五五
電話番号　〇三―五六八七―二六〇一（代表）
装幀者　安野光雅
印刷所　凸版印刷株式会社
製本所　加藤製本株式会社

ISBN978-4-480-43839-3　C0192